JN184609

細溝洋子

歌集

花片

六花書林

花片＊目次

I

II

Ⅳ

V

装幀　真田幸治

花片

I

春の名詞

あの庭に今年も梅が咲いたよと目白通信空を行き交う

「 」より曖昧にしてやわらかな〈 〉に春の名詞を仕舞う

カラスノエンドウ実れるが見ゆ莢笛ははるか記憶の空をながれて

東急ハンズにしばらく遊び自(おのず)から浄き文具の棚に寄りゆく

猫舌は短所ならねど屈強の男あちちと跳ぬる楽しさ

礼状に返事のありて礼状の空疎ふわんと還り来るなり

そう言えば、とのちに言わるる痕跡をあるいは残しひと日暮れたり

フネの時間

乗れぬ人ばかりが強く意識する「人の流れ」の中にわがおり

似たる名の二人の区別つかぬままそのどちらかと話していたり

水平に巡り続ける磯野家のフネの時間を追い越してゆく

持ち味と言わるるまでを保ちおく私の小さな大きな短所

ああわたし人の話を聞いてない電話の中で声がぶつかる

目ぢから

さくらさくら人に連なり見にゆけり何を打ち明けたくて私は

満開の先も満開　ふりむかばこぼれそうなる言葉を運ぶ

信じやすき人にまじりてやわらかな春の日差しの中を歩めり

筍を友に分かちて帰りくる桜並木の圧力の下

錦通東桜二交差点　ゆずり合いせる救急車見ゆ

選挙ありてさざなみの時ゆき過ぎぬ町はうす皮剝がれたる爽

平日をぼんやり灯るＢＳに今は亡き名優の目ぢから

対岸は

風落ちて思い思いに止まりたる淡き矢印浮かぶ春空

山藤のあまたに会えり山藤は内に向かって咲きいるものを

見下ろしの春の夕凪　時かけて行きと帰りがすれ違いたり

少しの雨に困りましたという顔で濡れて歩くは春の楽しみ

対岸は美しい場所ベビーカー押して歩める二組の女男(めお)

雨やみて松の葉先のあまたなる雫の銀は世にとどまれる

あさがお時間

軒下にあさがお時間流れ着き今朝一つ目の紫ひらく

「なにげに」と何気に言えぬ日々にして大縄跳びの縄は回れる

少し遠い居酒屋へ歩いて行くことが決まるまでのささやかな家族よ

遠い記憶に思い違いのあるような引き込み線の夏のかがやき

危うきに近寄らぬ日々わが差せる日傘の影に蜻蛉(せいれい)入り来

かたつむりからの電話と思うまで雨の日暮れの声のかそけし

シャツを吹く夏の朝風ベランダに流離の心飛ばしていたる

同じところで

右巻きと左巻きあるネジバナの右巻き咲ける中央分離帯

指さされ見上げる先に小さなる炎と見えてあの花は石榴

やっぱりあれを買おうと言って唐突に君が返せる踵（きびす）楽しも

旅に来てむかしの旅の話する同じところでもうすぐ笑う

しんどいと言えば休めと言いくるる人ある日々を湯水のように

遠き日に素描のごとく建ちたるを「駅」と覚えしその駅の見ゆ

蟬の声一斉に止むしばらくを空(くう)の柱は空へ抜けたり

ついついと

今朝までを激しく長く降りていし雨を運べる川の轟き

参道をついついと来る銀やんま三匹目にはもう驚かず

晩夏(おそなつ)の影を宿せる杉木立抜けてゆらりと門に近づく

教えやるあまたの虫の名の中をオハグロトンボのみが止まれり

ひらりひらり、よりはいくらか鈍重にひるがえるかなこのごろわれは

青鷺の肩

「鴨脚樹(いちやう)は」と書かれあるとき窓外をあまた渡れる金の水搔き

楽しかった日に回れ右せぬようにしっかり結ぶ両の靴紐

とっておきの切手を貼ってポストまで東京はまだずっと先だよ

もう思い出されることもない人の良き消息を耳は拾えり

勝ち負けはもう熱からず川の辺に立ちて行き交う舟を見ており

降り立ちて水辺に翼たたむとき青鷺にある鋭角の肩

若き父が子を率（い）てゆくはよきものと林檎を選ぶ手を止めており

ニコライ堂の屋根の緑を見に行かん見に行かんとて過ぐる歳月

旅先でふと迷い込む路地のよう　日没までに帰らなければ

流れ解散

散り終えて黄の重心の下がる街横断歩道をゆっくりわたる

とっちらかった私に目鼻のつく日など来るはずなしと思えど来たり

約束に十分遅れて来し人が取りもどすべく華やぐ二分

鮒の持つ鰾（うきぶくろ）またうきうきと余計なことを言いそうになる

図星とはもしやこの星楽しくて放（ほう）ったジョークが床に砕ける

改札に手を振りながらわが知らぬ流れ解散という別れ方

風向きは急に変わると人に言い私に言いて眠らん今日は

定形外

駅裏の階段に冬の陽は差してあまたの出口やわらかく見ゆ

跳ねて進む雀に慣れたる目が追えりハクセキレイの水平移動

夢の中に私は鳥を飼う男　白きを赤きを青きをのがす

（笑）無けれどあるものとして読み進む感情の指先を伸ばして

前向きで健やかな人ひったりと横に並べば私の猫背

窓半分照らす冬の陽半分を影にしているビルに見ており

窓辺という空間があり寄るときは定形外を思わんとする

紅梅、白梅

氷上を舞う人体にあらわれて指の先より放たるる線

ゆくりなく君開きたる窓に見ゆ雪をいただく山の連なり

東へと急ぐ冬雲行き交うということのなき一途を運ぶ

春の初めの不機嫌な風忘却の努力おこたる樹々を揺さぶる

紅梅の咲き初むるころよみがえる白に残ししわれの執着

Ⅱ

白鳩

こだま−(ひく)のぞみ＝(の)六十八分のために選んでいるミステリー

上野駅のコインロッカー手荷物に押しのけられてうす闇こぼる

百メートル進みて逆と気づきたり頭（ず）の中の地図ぐるりと回す

手品師の白鳩のよう放たれて言葉はやがて胸に戻り来

時計塔はどこでしょうかと訊かれたり挿話の森の番人われは

じりじりと天を突きいる塔の先ふたたびみたびわが振り返る

春の手帳

ＦＡＸにファックスで返す春の朝　帆船ひとつ対岸に着く

風花は風に流れて　再会を繰り返しつつ離れゆくなり

平積みの文庫の前に春の色さざめくように手帳は並ぶ

躊躇(ためら)いてせざりし愚か今日はして心は渓(たに)を渡りたるらし

澤(さわ)穂希選手と同じと言えば説明の少なくて済むわがめまい症

あぁ電気

あぁ電気、これも電気、と触れながら重い扉を開けそうになる

被災地の天気予報が真っ先に届いて今日は夜からの雨

「使用済み核燃料」がバス停の背後の会話に三度挟まる

絆創膏剝がせばとうに癒えている擦り傷なれどもう一度貼る

出ます

驚きやすく野辺をゆく夏いくつもの花の形にその名重なる

遅れつつ歩む竹林思わざる高さに風は鳴り始めたり

この夏には曾孫（ひこ）が出ますと言う人の幸せそうな「出ます」のひびき

ベール

いつよりか気まぐれに鳴る掛け時計今朝は正しく時を知らせる

追い越してツバメ去りたり中空に速度が描く涼やかな線

「入籍の日の地球」とぞ震災の四時間前の写真飾らる

震災の記憶の気配あちこちに残る待合室に人待つ

小(ち)さき星こぼるるごとし俯ける娘のベールを静かにおろす

花束は南国の色一週間かけて花瓶の外へと枯れぬ

十日ほどどこかへ落としてきたらしいこんなに早く五月が終わる

こつんこつん

飛ぶという意識なからん渋滞の窓に見上げる旋回の鳶

何か小さく浪費しており急流に舟揺るるたび歓声あげて

袋小路と知りつつ行きて戻りたり昭和の色の板塀の道

旅の夜の眠り浅くてわが心こつんこつんと何かに当たる

幾たびも撥ね返されて鮎は堰を私は夜を尾鰭もて越ゆ

海の日まで

七月八日ひそと明けたり後朝（きぬぎぬ）の美（は）しき一首は手渡されけん

前をゆくアキレス腱に宿りたる鋼（はがね）のひかり見つつ地上へ

大き荷は欠陥のごと　抱えつつ炎暑の横断歩道をわたる

あれは風が押しているのだ北へ行く日には頭を北にして　雲

屋根のかど車のかどのキラキラと角は光の集まるところ

節電の夏の記憶を濃緑(こみどり)に染めつつあらん窓の苦瓜

キーボードに指先軽く触れながら言葉は確かに私ではない

カナブンが玄関先に来ていたり背(せな)を丸めて済まなさそうに

世界遺産となりたる島に殻のないカタツムリという虚を突く命

上空へ激しく向かう風の芯呑んで苦しむ竜巻の見ゆ

見上げたい花火のことを　触りたい流れのことを　思わずにいる

指先で画面滑らす速さにて夏の時間は過ぎゆくものを

月曜と決められてからあざやかな碧(あお)の褪せたる海の日、今日は

白黒がゆく

夏の櫂漕げば思いのほか進み私がわたしを急ぎ追いたり

交差点から交差点まで連なりて少年野球の白黒がゆく

店一つ消えてしまいし交差点右折するとき視野のかたむく

なつは蟬声ふゆは粉雪ふるものを見上げていつも行き違いたる

ボールなら

目鼻口正しき位置に戻したりホームの先に知り合いがいる

古書店に沼の香ながれ水を掻くようにゆっくり手を伸ばしたり

日の暮れの書棚の前を行き来してしきりに思う大小の船

賜わりし毬栗二つ載せおけば黄瀬戸は秋の沃野のごとし

いつよりか強く斜めになりておりおり雨の話はしばらくつづく

風の指につつかれくくと傾きて送電線を横切るカモメ

投げ上げて受け止めずおりボールなら弾むだろうし卵なら割れる

美しい話にしてはいけないと動詞を二つ入れ替えている

秋の日を水のオブジェとなりながら噴水の白けぶりていたり

窓外を秋は流れて初めからまた考える途中までまた

〈し〉の光

集められ圧縮されたる中空の光を朝のトーストに塗る

確かめぬゆえの明るさ言の葉に雨の雫をとどめていたり

金色に床へと転がり出でしもの画鋲とわかるまでの楽しさ

式子内親王に棲む〈し〉の光　我のみ知りて忍ぶることの

雪を待つ官庁街のとびっきり大き隙間を胸ふかく吸う

利休梅

細長き空間に銀の自転車と私の影をあずけて急ぐ

立春の薄い氷の水たまり隅から隅まで踏んでバス待つ

朝風が運びくれしは山茶花に残りていたる昨夜(きそ)の雪ひら

境内を息白くゆく人を縫い斜め斜めに飛ぶなり鳩は

静かなるものを利休と呼ぶこころ　池を離れて利休梅立つ

雪晴れ

空港は時間の溜まる場所にして肩にかかとにとろりまつわる

七十分高さに耐えて美しき東北の地に我は触れたり

「何故」という問いに答えの見えぬまま十か月後のみちのくを行く

高速料金ゼロ円の冬　ありがたく申し訳なく頭下げたり

大きなる瓦礫の山の間(あい)を行く撮らず話さず聴かず瞑らず

廂より太きつららの下がる見ゆ光を意志のごとく宿して

そのむかし河童が賢く選りし土地　遠野の水の清らかなこと

おとぎ話の入口いくつもあるような真白き森が車窓につづく

雪晴れの小岩井農場　雪晴れは傷ひとつなき幸いのごと

Ⅲ

ぱぁん

この春の抱負を語る木蓮の全員起立の蕾ふくらむ

自転車を押して渡れる橋の下瞬（またた）きながら春の水ゆく

花の中に籠められいたる何ものかぱぁんと爆ぜる時の近づく

荘厳という語に遠く歩みつつ花の季節をもうすぐくぐる

夢と現（うつつ）の境の壁がうすくなり頼まれていた買物は何

サラリとかカラリがいいな春泥の今日の私を跳び越えてゆく

人違いされいるらしき十五分楽しく玉子どんぶりを食ぶ

豆腐にも昆布にもあるぼんやりを纏いて浮かぶ春の半月

花片

店先に鮎の和菓子のならぶ朝わが自転車も渓流をゆく

ひばりひばり声を刻んで楽しげに朝のひかりの麦畑に撒く

わたくしと八歳(やっつ)のわれが並び見る回りそうなる矢車の花

ずっと昔憧れていた五月から森とベンチを差し引いた日々

やんだ雨また降り出してひたひたと近づく梅雨の大き水かき

日の暮れの池の面(おもて)の鯉の影〈だけど〉〈だから〉とすれ違いたり

本物でなくてもいいよ五月雨に白き花片をぬらすニセアカシア(アカシア)

鵜飼舟

普通電車にことこと揺らる細部まで描き込まれたる風景の中

工場の後ろ姿がよく見える列車に少し会話途切れて

川風は湿りを運び揺れながら遅い日暮れを待つ鵜飼舟

水瓶にホテイアオイの浮く路地を川の流れの方へと曲がる

しゅんしゅんと燕飛び交い人間は何てのろくて邪魔な生きもの

長良川鵜匠の里に篝火となりて激しく燃えん薪ある

人はなぜ舟を思うか溜め息に重ねるように舟を思うか

見下ろせば鵜飼は六つの篝火の静かな移動　今し始まる

夏の耳

みどりごは迷い出でたるごと覚めて眼（まなこ）を宙に浮かばせており

「鬱蒼」の文字の深さへ入りゆけり大き鳥居をくぐりたるのち

ひぐらしの鳴かざる土地に住み古りて東へ西へ向く夏の耳

雨天順延なくて始まる決勝戦空の青さのじわり濃くなる

童謡のごくシンプルな歌詞の中カモメの水兵さんずぶぬれに居り

パンパスグラス

読み進む歌集の中に秋がきてストールはらり心に羽織る

うんていが雲梯だった驚きの喜びのよみがえる秋晴れ

窓ありて窓にけやきの迫りいき図書館に来て図書館を思う

パンパスグラスふさふさせるを過ぎてのち芒に吹ける日本の風

向き合ってこなかったことあまたありエレベーターの扉開かず

ありがとうございましたと二度言えば二度目の語尾の少し跳ねたり

鈴生りの柿の実の見ゆたくさんの余りがあって釣り合うこの世

時代遅れ

風が秋　風は秋　行ったり来たりして季節はふいに行くことにする

早天は早朝のこと早朝は天を見上ぐるひとりの時間

回転ドアに時の停滞　もどかしく人追うことを長く忘れて

踏み込まぬ領域として銀鼠のフェイスブックの沼の面照り

「ガラパゴス」と呼ばるることの楽しさの携帯電話、しっぽをゆらす

白秋の知らざる一つ窓の辺の手動の鉛筆削り藍色

面倒なヤツと思われおくことの少しの愉快歳を重ねて

「時代おくれ」という歌ありき遅れずに逝ってしまいし河島英五

チェシャ猫

吸うように秋は来たりぬ吐くように春来たりしを思い出させて

振り返る生き物われは塩辛蜻蛉（シオカラ）の灰白色を見送っている

半濁音響かせて来るひとりあり記憶の中の長き廊下を

質問をかわす楽しさ傾けて熟柿のごとくわが甘くなる

二次会の後なるアイスカプチーノ笑える話をもう少しする

楽しかったとごくシンプルに　半島の名前と気づくメールアドレス

年齢を重ねることが難しい防犯カメラにチェシャ猫がいる

地下街の隅の小さな画材店秋はことさら浮き島のよう

らぎ

石蕗の花の黄消えて残りたる葉はことさらに緑深める

題詠に「死」は選ばれず寺庭の小さき池に渦二つ見ゆ

父逝きて半年の冬寒がりのよく似た背中を街に見送る

爪の形が似ていた、など　感傷が苦手だったな父は

逆さ見ず逝きたることに安堵して本当の悲しみはまだ来ず

促され見上げる空に飛行船こちら側へとはみ出すように

星の名の歌集をひらきかすかなる湿りを指に確かめている

うっすらと積もるくらいの雪を待つ今宵電話の向こうの母と

物の角うっかり当ててストーブに深夜ぎいいんと抗議されたり

手袋を深く嵌めたり如月のらぎに耀うはつかなる銀

ペンギンの時間

人類と魚類の区別まだつかぬみどりごを抱き水族館へ

石鹼とミルクの匂いすぐにまた眠ってしまう果実を運ぶ

小さなるあまたの光ゆれており水族館は入り組んだ海

スナメリはことに愛しも右ひだり離れたる目をガラスに寄せて

マンボウの正面の顔　これは顔　十秒ほどを見つめ合いたり

セイウチが芸をしておりこのあとはペンギンの時間（ただ歩くだけ）

水族館は楽しきものと行きゆけば水族が水族の餌（え）を食みており

花の名のように

如月は真白なる箱ひらき見る絵本の中の声も澄みたり

三叉路という語の記憶のはじまりに寒く明るく藪椿咲く

『紋切型辞典』借り来て冬の夜をひそりひそりと一人の笑い

花の名のように説明されておりガラスケースの中のペン先

ペンネームにもほどがある「帰子」と書いてそのまま「かえるこ」の人

冬ゆえによく見ゆる夏、輝ける雲の一首を大切に読む

IV

藤の影

長編を読み終えて春　のそのそと地上へ顔を出したる心地

お向かいの新車の紺が輝けり三月少し風ある十時

競馬場過ぎてすっきり痩せるバス春爛漫を走りはじめる

花へ花へと誘う力に逆らいて今日の真面目の作業を為せり

「あおぐ」から「あふぐ」に変換していたり曇れる春の空を見上げて

葉桜ともはや呼ばれぬさくら木の深き緑を風が持ち上ぐ

三月より寒いとか雨が多いとか言われていつも寂しい四月

寒さ戻れる四月の朝（あした）藤棚にうす紫の影の生れたり

三度目の笑顔解きつつ思いおり写真嫌いの片山廣子

藤棚の下の写真の微笑みのどれにも長き藤の影ある

亀

わが去らば首傾けて休むべしひかりの中の牡丹大輪

甲羅干ししている亀を亀として周りを泳ぐ亀に似たもの

その名もて人間(ひと)の世界に迷い込み尺取虫は測りつづける

探幽の美(は)しき余白の中ほどを長き尾引きて鳥の落ちゆく

風鈴の風

夏よりも夏の予感の美しく風鈴に来る風に触れたり

追い越しの「のぞみ」の風の圧力が東京へ行く我を揺さぶる

ゆっくりと坂を上って来たのだと日傘をたたむ本郷通り

旧居跡の案内板の前に立ち「どんぐりと山猫」を確かむ

文学散歩の途中と顔に書いてある男子五人と二度すれ違う

「あぶな坂」という古き歌思いつつ細く急なる鐙坂(あぶみざか)下る

東京に住む空想の乏しくて「馴染みの蕎麦屋」のあたりで止まる

雑誌一冊読み終うるころ見え来たる北鎌倉の細き長き駅

北鎌倉の中の三つのＫ音を確かめながら改札を出る

落ち葉掃く和尚は見えず紫陽花の咲ける現の瑞泉寺ここ

水風船思う季節の巡りきてはちきれそうな赤を思うも

梔子の花

台風8号去りたるのちの破(や)れ目よりこぼるるごとく遠く初蟬

いろいろなトラックが来て七月は風と光がほどよく曲がる

夢の中に屈みて鍵を拾いたり何の鍵かを知っている鍵

使い道なき優しさを使わんと微笑みくるる人にあらずや

幾重にも塗られしごとき濃き白を反らせていたり梔子の花

声のみの

数か月のちには言葉となるはずのこの声のみの声の愛おし

孫が笑えば私の勝ちになるような　敗者のいない子守の時間

「あーけーて」と「もっかい」を得て人の世をすいすい泳ぐメダカとなりぬ

膝に来るものに小さきつむじあり『ぞうくんのさんぽ』に今日は出かける

わが車見えなくなるまで手を振れり「次」を理解しもう泣かぬ子よ

指をほどく ― SPITZ THE GREAT JAMBOREE 2014

草野マサムネの声もて歌う人の見ゆ言葉が声を駆って広がる

「目立たないアマノジャク」という立ち位置に惹かれ続くる長き歳月

♪君を不幸にできるのは…ただ一人だけ　逆説という甘き罠ある

祈るごと聴く人あまたと気づくときゆっくりほどく自らの指

アリーナの熱狂に少し置く距離を寂しまず音に撃たれていたり

「恋するフォーチュンクッキー」

噴水に秋の光のはねる朝くくっと帯を締められている

「誓います」息子の声の響きたり乱反射する記憶のひかり

「恋チュン」を最前列に踊れるは新郎にして私の息子

シンプルでただに明るき式がよいこれから始まる毎日のように

クラッカーぱんぱん鳴らしあの人とあの人にも見せたかった笑顔

石段

散らかしたもの片づけるように秋　鞄をひとつ新しくする

日の当たる秋の石段　話しつつゆっくり下りた春の石段

「忘れられる権利」というを知る夕べイロハカエデの赤が散りゆく

不在者となりて投票所へ行けば廊下を歩むあまた不在者

怒るとは体内の水濁ること川上にまだ雨降りやまず

「折れる」という動詞しばしば伴えば細枝のごとし人の心は

「ひたむき」は報わるる日の謂にして消えてゆきたるあまた「ひたむき」

一つずつ開かない窓を持つような人の連なるエスカレーター

問題は私自身と気づくまで水族館の回遊魚たり

左(みぎ)から右(ひだり)へ

一月の空曇りおり一月に白き粉(こ)振られいたりしは何時(いつ)

美容院の鏡の中を小学生左(みぎ)から右(ひだり)へ走りゆきたり

小説のシーンをなぞり自転車は商店街を大きく曲がる

方向音痴は顔に出ぬらし半日に二度聞かれ二度答えられずき

雪降れば集まり来るは何ならん記憶のような予感のような

約束の有効期限を延ばしおり梅の咲くころさくら散るまで

真剣に考えようと思うたび弾かれて飛ぶ何かきらきら

むかしむかし

十二時を過ぎても消えぬ靴ひとつ初めから夢いつまでも夢

亀なんて助けなければよかったと波打ち際に太郎は座る

秀逸なオノマトペなる「どんぶらこ」必ず桃を運びくるなり

どっすんと屋根の上から飛び降りる怒れる臼の単純ぞ良き

きのこみたいな小人七人内紛の挿話はたぶん編集されて

末っ子の子ヤギは隠れて無事でした大きな時計がこの世にはある

金の斧銀の斧そして鉄の斧全部欲しいと知っている神

V

瓢簞

新刊のまっさらめくる春の朝わがまっさらを指に集めて

炊きたてのごはん手に取り日本語のやわらかさもて結びゆくなり

「あっ」にある長さいろいろ、ご近所にあっという間に一軒が建つ

瓢箪はむろん読めるが何ゆえか糸瓜の方がひょうたんである

「それにしましても」という丁寧語無敵にて軽くねじ伏せらるる　私も

鳩とカラス

鳩サブレーに満ちて鳩には満ちぬものあるべし首を傾(かし)げるばかり

梅雨のある日本の夏　二番目に大切な傘またさしている

これは萼、いくたび教えらるるとも　石段に沿うあざやかな青

風吹けば大き頭(ず)を寄せ紫陽花はしきりによからぬ相談をする

羽を広げトントントントンと跳ね進む無心の時間の中なるカラス

半分は比喩として生きているようなマイマイツブリ葉陰を進む

後ろへと時間の延びる雨の夜の回想はたぶん小さき病

樹に降る雨、地に降る雨の溶け合いて眠りの中に降り続けたり

棕櫚の葉の緑ようやく乾く午後遠雷が次のページをめくる

八十六歳の力士

一年生の夏が来ておりお向かいのガレージに一つ朝顔の鉢

二軒ほど向こうの家か鳴り始め鳴り続ければ聞き続けたり

栞代わりに定規挟んで二日半きちんと仕事をしている定規

生年を昭和で言われ名古屋場所に八十六(はちじゅうろく)歳の力士あらわる

主役じゃないと繰り返しつつ入れ替えて旅の支度のはかどらぬ夜

ヒトならば ― 中年の歌

街の東に動物園あり見上げれば雲は東へ流れてやまず

オランウータン（森の人）ゆったりと曳くその影を森の緑の上に延べたし

「輪尾(ワオ)キツネザル」と知りたり知識とは手の届かない窓も開(あ)くこと

若きらと歩く楽しさ人生にまだたっぷりと時間があって

橋をゆく心弾みは何ならん水面のわれに覗かれながら

紅き椿ひとつ落ちたり木の下の闇に小さく傷を残して

マーチングの練習の見ゆ若さとは関節しなやかなることならん

モン吉くんが芸をしておりヒトならば三歳という　三歳が回る

ロシアンブルーの一枚のみが残されてなかなか来ない猫年を待つ

風花は

控えめと思いいたりし山茶花のざんざんと咲く師走中ほど

山茶花の濃き紅の散り敷けり咲きいる花にやがてまさらん

足跡のぽつぽつ残る雪の道カラスは冷たき脚に発ちけん

手袋をして鈍くなる指の先優しさとなる鈍さもあって

冬の字の一本の線伸びゆきてマフラーふいっと若者を巻く

風花は散るのみの花ゆっくりと落ちくるふゆのひかりのなかを

金管楽器

砂時計ひっくり返す人消えて針の時間が追い越してゆく

白秋のサラダの歌に出会う朝「さみしき春の思ひ出」に凭る

最高音吹き鳴らすときこの世からはみ出てしまう金管楽器

歌に呼ばれていると信じて人も我も風の岬をさまよいやまず

約束

手に取った文庫本から私へと細く流れる春の電流

三月の空を泳いでモノレール風の駅へと今し入り来る

雪柳白く激しく乱れおりあるいは春の夢のひとこま

建設中の観覧車見ゆ中空に円く浮きいる銀の骨組み

鈴懸はいまだ裸木さりながら春の粒子をまといて並ぶ

零さぬように落とさぬように花の下誰かの巨き手のひらがある

奥千本の桜をいつか　幸せは約束ずっと途絶えないこと

あとがき

本集は、『コントラバス』に続く第二歌集です。二〇〇七年秋から二〇一六年春までの約八年半の作品の中から三百三十五首を収めました。

歌集タイトルは〈本物でなくてもいいよ五月雨に白き花片をぬらすニセアカシア〉から取りました。

子どものころからニセアカシアの花が好きでした。どうしてこんなかわいそうな名前なんだろうと思いながら見上げていました。今住んでいるところにはニセアカシアの木はありませんが、実家の近くにはたくさんあって、季節になると美しい白い花を咲かせます。今は、その名前も含めて、いいなぁと思います。

短歌に出会ってもうすぐ三十年になります。詠むことも読むことも、ますます楽しいと思えます。いつか楽しいと思えなくなる日まで、詠い続けていけたら、と思っています。

佐佐木幸綱先生をはじめ、「心の花」のみなさま、日頃からのご指導とご厚情に深く感謝申し上げます。
また、「心の花」名古屋歌会、同ネット歌会、あぢかま短歌会からは、いつも大きな刺激をいただいています。
苦手なことが多いのに、楽しく生きて来られたのは、家族と、短歌と、短歌の仲間のおかげだと思います。深く感謝しています。
藤島秀憲様には、選歌の段階から様々なアドバイスをいただきました。ありがとうございました。
末尾になりましたが、出版に際し、いろいろなわがままを聞いてくださった六花書林の宇田川寛之様、希望通りの装幀をしてくださった真田幸治様に、厚くお礼を申し上げます。

細溝洋子

二〇一六年九月

著者略歴

細溝洋子（ほそみぞようこ）

1956年　愛知県名古屋市生まれ

1989年　「心の花」入会

2006年　第６回心の花賞受賞

2007年　第18回歌壇賞受賞

2008年　第１歌集『コントラバス』刊行

〒454-0927　愛知県名古屋市中川区打中２－48

花片（かへん）

2016年10月12日 初版発行

著 者――細 溝 洋 子

発行者――宇田川寛之

発行所――六花書林
〒170-0005
東京都豊島区南大塚 3 -44- 4 開発社内
電 話 03-5949-6307
FAX 03-3983-7678

発売――開発社
〒170-0005
東京都豊島区南大塚 3 -44- 4
電 話 03-3983-6052
FAX 03-3983-7678

印刷――相良整版印刷

製本――仲佐製本

ISBN978-4-907891-32-9 C0092